想 思 心 마음
가리킨
생각

문학서재 : http://myhome.mijumunhak.com/ays/
e-mail : us33arirang@hanmail.net
전화 : (907)343-9229 | 1-(907)343-9229(c)
주소 : P.O Box 201322, Anchorage, AK 99520-1322
雪泉 徐龍德
By Author : Abraham Yung So

心 마음 가리킨 생각
雪泉 徐龍德 第5詩集

초판 인쇄 | 2013년 06월 10일
초판 발행 | 2013년 06월 15일

지은이 | 서용덕
펴낸이 | 신현운
펴는곳 | 연인M&B
기   획 | 여인화
디자인 | 이희정
마케팅 | 박한동
등   록 | 2000년 3월 7일 제2-3037호
주   소 | 143-874 서울특별시 광진구 자양로 56(자양동 680-25) 2층
전   화 | 82-02-455-3987   팩스 | 82-02-3437-5975
홈주소 | www.yeoninmb.co.kr
이메일 | yeonin7@hanmail.net

값 8,000원

ⓒ 서용덕 2013 Printed in Korea

ISBN 978-89-6253-136-7 03810

想 心 思 念

마음 가리킨 생각

雪泉 徐龍德 第5詩集

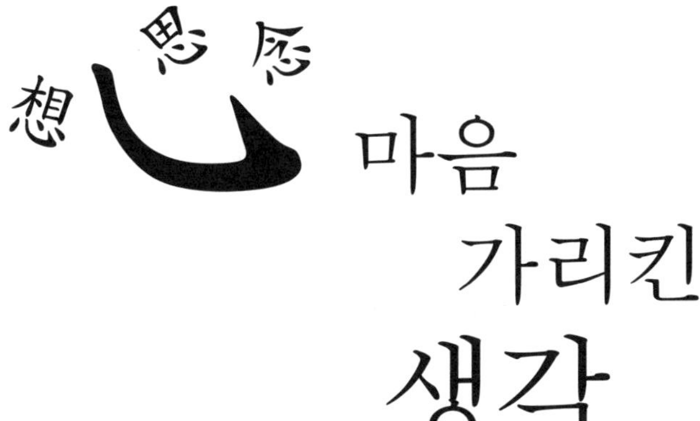

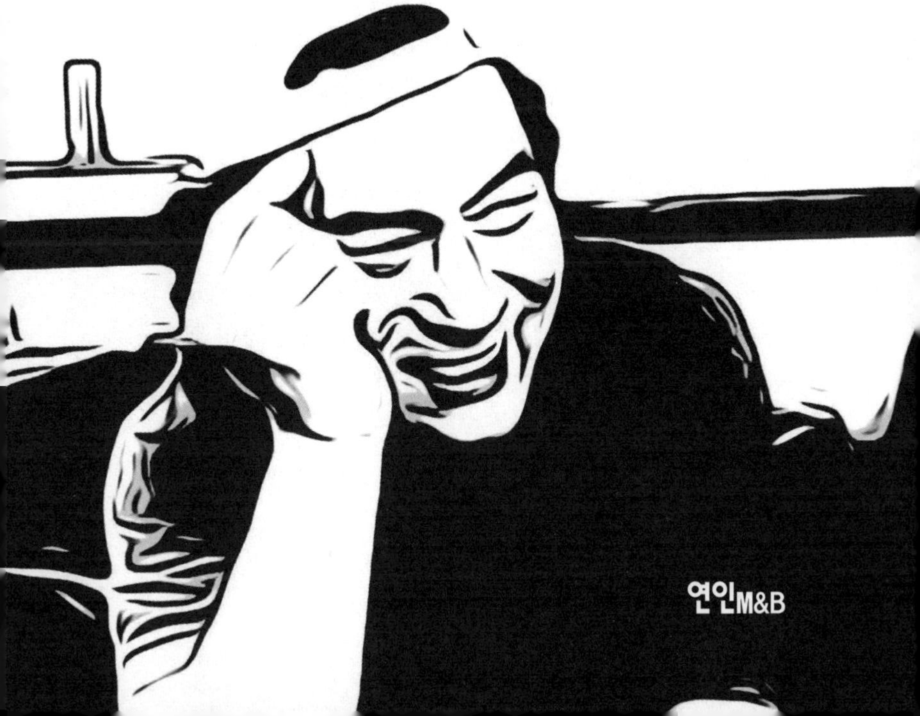

연인M&B

다섯 번째 시집을 엮으면서

소설가는 말을 만들면, 시인은 생각을 만들고, 소설가는 이야기를 쓰면, 시인은 마음을 가리키는 생각을 적는다. 고요하면 마음이 일어난다. 마음에는 우주에 살아가는 생각이 있다.
'자전字典에서 생각이란 想·思·念이 있는데 그 뜻이 다르다. 생각할 상想은 형상과 함께 퍼뜩 떠오르는 것은 상기想起라 하고, 이것을 보고 다른 것이 떠오르면 연상聯想이라 한다. 생각할 사思는 머리로 곰곰이 따져서 하는 사고思考라 한다. 생각할 염念은 지금今 내 머리에서 맴돌며 떠나지 않고, 머리에서 떠나지 않으면 상념想念이 되고, 떠나지 않는 생각이 바람이 될 때 염원念願이 된다.'(네이버 지식백과)

하루에도 수만 가지 생각이 마음속에서 상념想念이 되고 사념思念이 되어 마음의 주인이 되면 생각이 정돈되고 근심이 다스리고 있다.
맹자(BC 372~BC 289)는, "마음이 하는 일은 생각하는 일이다.

생각하면 얻고 생각하지 않으면 얻지 못한다.”(告子上 5)고
말하였다.

　내가 가지고 있는 착한 본성이란 마음이 무엇을 생각하는
가? 혼자 하는 생각은 머물지 않는다. 마음이 시키는 일은 마
음이 덧나 버린 아픔을 치유하는 과정일 것이다. 그 방법이
생각이라서 끝이 없다.
　그 방법 중 믿음·소망·사랑보다는 ‘용서’를 모르고 있
다. 용서란 나의 상처를 치료하는 것이라 한다. 그런데 마음
에는 용서가 없다. 치료하지 못하는 마음은 생각만 아프다.
아픈 생각은 마음을 가리킨다. 태산보다 더 높은 마음은 바
다보다 더 깊은 생각으로 적어 놓았다.

알래스카

만년설에서 솟아나는 샘터, 雪泉

제3부 심心 봤다 여름에

제1부

심心 봤다

심心 봤다

꿈속에서 헤매다
쫓기다 놓치고 놓친
진땀으로 품안 찾아 안아
"내 것이다." 소리쳤던 외마디

첩첩 산속 헤매다
번쩍 뜨이는 생각
임자 없이 기다린
"심心 봤다." 소리 지른 한마디

오늘도 오다 가다
부딪치며 놓치고 붙잡는
그 생각 하나를
"내 것이다."
"심心 봤다."
피 토하는 두견새처럼
목 놓아 외쳐 보던 날이다.

* 깊은 산속에서 산삼(심)을 발견한 마니(사람)가 외치던 "심 봤다."는 심마니가 다른 말이라면 "내 것이다." 천지신에게 외치는 말이다. 하지만 사람이나 산삼이나 귀한 보물을 쉽게 찾을 수 없고 알 수 없는 생각을 "心 봤다." 심마니처럼 소리치고 싶었다. 아니 피를 토하는 두견새 같이 울고 싶었다.

시인의 느낌

능력이 모자라 빌려 쓰던 버릇
만물의 생각을 쪼개 빻아서
버무리고 무쳐 낸 시를 쓴다

시를 맛보는 그대도
내 생각같이 담아 놓은 글을 보고
그대 모자란 입맛이 아니라면
내 생각을 맛본 것이 아니다

진실을 느낀 대로 말하던 것을
아직도 부끄럽고 서툴러
온통 거짓말이 되어 버린 시가
어쩌면 그처럼 뻔뻔하단 말일까

말이 없듯이
아픔 없는 노래가 어디 있었던가
누구나 느끼던 가슴은
하늘 땅 가득하게 바라던 것을
조목조목 글로 묶어 낸
시를 쓰는 마음이 통하여
글 뜻 볼 때마다 느낌이 닿았다면
그대는 진인眞人 중에 시인이다.

여행

보지 못한 것을 보러
아는 길로 곧장 가든지
모르는 길로 빙빙 돌아오더라도
잃어버린 말을 찾으려
오가는 것도 한 번쯤 잃어버렸던가

찾다가 다시 돌아오는 길에
여행으로 끝나던
돌아오지 못하는 길에서
몽땅 잃어버리면

간절히 찾을 것이다
길고 긴 여행이 아닌
내가 누구인지 찾고자
꼭 가야 할 길이 보이면
침묵하던 음성이 부를 것이다
지금 그 음성을
들었던가
들었는가.

오래된 나

아버지와 어머니도
오래되었을 때
늘어진 주름살에
힘이 빠진 무르팍이 쓰러질 듯
바로 세우려는 걸음이 비틀거린다

가시 달린 세월은 어디로 가든지
여린 나를 두텁게 덧칠한
흰머리 억센 만큼 뿌리가 깊고
뿌리 깊어 흔들리지 않으려
지치고 힘들 때
놓아 버려야 편한 것
가진 것 없이 살림살이 없어도
꿈이라도 있어야
가시 사나운 세월 이기는 칼이 아닌가!

날이 무딘 오래된 칼
날을 세우려는 오래된 나는
날이 선 세월이 어디로 가든
걷기도 하고 달리기도 하련다.

나그네

어디까지 왔을까
이정표를 보면
멀리 왔다고 하는데
종일 헛걸음한
빙빙 돌아서 온 것 같아
오늘로써 끝나는 길이 아니라
포기하지 않으며 다시 시작하는 날

아무도 반겨 주지 않고
누구도 같이 가지 않는
억지로 따라가 보고
저절로 끌려오면서
가던 길로 끝까지 가다가
기어이 마주친 꼭 한 번 가는 길에
뜨겁게 걸린 깊은 숨을 붙잡고
이정표를 비켜서서
찾아가는 나그네.

빈손

하늘이 텅 비어서
배고프다

먹고 싶은 것이 있었다면
위험한 냄새가 강하여
신용 대출 저당 설정 금으로
세간 치장할수록
숨통 조여 기울어진다

가진 것 전부 털고 보면
사양仕様*한 담보 이잣돈이라
창고 돈으로 채우는 배가 고프다

집안에 번쩍번쩍 빛나던 것
남의 살림살이로 즐겼다가
이잣돈으로 채웠던 월부금이
압박과 설움이던 장부 정리 셈 끝나
다리 뻗고 배불리 먹었더니
상상력이 허무하게 빈주먹이네.

*사양(仕樣) : 설계 구조 '설명서', '구조'

걸어가는 바람

콧김이 서쪽 끝까지 밀고 가면
동쪽에서 불끈 솟는 태양이다

큰바람은
머리 위로 구름을 구르며
쓰러지지 않으려 빠르게 달리고

작은 바람은
내가 걷는 걸음을 붙잡아 걷고 있다

걷다가 쓰러져 걷지 못할 때
쓸려 가던 바람에 이끌려
바람같이 스쳐 가는 사랑으로
몸을 일으켜 앞세워
콧바람이 서쪽으로 서쪽으로 걸으면
뜨거운 피가
큰바람으로 일어나 달리던 솟는 해.

껍질

언젠가 벗어날 때가 되면
칠흑으로 묻힌 달콤한 호르몬이
가슴에서 숙성되는 대로
여자를 알고 남자를 알아
그림자 같은 반쪽을 찾는 일
사람이 사람을 만나
무색으로 만들어 가는 일

훈훈한 바람이라도 불어오면
영양가 부픈 소용돌이로 몰아쳐
껍질 벗는 날로 시집가고 장가들어
사랑이 무엇인지 뼛속까지 밝아진
세상 벗어나는 길을 알아도
꼭 헤아려 부딪치다 보면
날카로운 시선이 박히지 않도록
단단한 껍질로 살아가던
두껍게 치장한 뻔뻔한 얼굴
껍질 벗겨 낸 속살은 무색이었나.

제물

잘 먹고 잘 살기 위하여
제상에 올려놓은
눈에 밝힌 욕심 덩어리에
군침 당기며 무릎 꿇어 머리 숙이던 일

날마다 제사를 지내는
하루의 시작이
어머니는 새벽이슬을 받아 두듯
정화수에 두 손을 모으는데
아내는 바라보는 신상 아래서
커억 컥 울며불며
끝끝내 못 버리려는 제물 덩어리

평생을 채워도 채워지지 않는
헛것으로 통통한 살 오르도록
정성을 들였지만
이제 남아 있는 세월에
버릴 것 버리는 제물을
혼백을 불사르는 사랑의
제단을 만들어야 할 때가 아니든가
지금 시작하여도 때 늦지 않았으리라.

맛

물 한 모금을 삼키면서
하늘 맛을 보았던가
밥 한술을 씹으면서
달짝지근한 흙 맛이었던가
먹고 마시는 맛이 아니라
보고 듣는 가슴이 있었다면
당신을 첫눈으로 보고
가슴으로 느낀 뜨거운 불 맛인 줄
하늘 가득히 마시던 호흡이며
이슬 한 방울도
살아 있다는 목마름일 줄이야
같은 맛이라는 맛을 느끼지 못하는
입맛 하나 만족할 줄 알았던
숟가락에 걸린 배고픔일까
한세상 저마다 다르게
살아가는 일이라면
달고 새콤하고 매웁고 짜고 쓰디쓴
불 맛이던 사랑은
그 가진 맛으로만 남았다면
맛은 변할 수 있었지만
사랑은 사라지지 않았다.

마음 만들기

순간으로 흩어지다 순간마다 모아져
힘들어도 쉬운 길이고

서툰 걸음을 붙잡은
수렁을 건너는 몸부림이
살려 줘 애원하는 냉정한 시간은
보이지 않는 길을 감추고

죽도록 사랑을 묶어 보았지만
운명은 길 하나 두고 끝이 있는데
사랑마저 방향 없고 끝이 없어서

호흡이 멈추면 건드려 가지만
운명이 멈추면 사랑은 남아
예정대로 보낼 때가 아니라
혼백으로 다시 불러들일 때
바라고 기다리던 일이다

마음은 변덕 많은 팔만 가지 점을 찍어
만들고 다루는 기술이 달라
오래 기다릴 줄 모르고 지킬 줄 모른
오래 참는 습관들일까.

진실이 떠나면

죽음보다 진실이
무덤으로 갈 때까지 떠나지 않아
무덤으로 간 진실은 풀이 난다

총칼 들고 일어나는 풀을 짓밟아도
하얀 볕은 쓰러진 풀을 푸르게 날 세워
붉은 피가 숏구칠 때까지 키운다

구름이 머물 수 없는 것은
바람이 멈출 수 없는 것처럼
배고파서 진실마저 먹어야 할 때
비밀까지 먹어치워
입속으로 들어간 말과 나오는 말이

진실을 먹어 버린 입술은
죽음보다 먼저 떠난 진실이라서
폭풍 부는 비바람도 껍데기로 남아
체면을 덮은 얼굴이 두꺼운 가면이 되어
위선자는 진실을 말아 먹어 살찌는구나.

흔적

또 다른 세상
지구 속으로 들어가기 위하여
사토장이처럼 흙을 퍼내고 보니
지금까지 걸어온 발자국 모양이
큰 구덩이가 되어

그 많은 세월로 모았던 발걸음이
한 발자국으로 들어가 보는 지구 속에
편안히 드러누워
하늘을 우러러보았던
아름다운 세상을 덮어 버리는 흔적
눈동자에 고여 흐르지 않고
마르지 않는 눈물.

길

입안으로 들어가는 음식은
세상으로 뻗는 뿌리가 되고
입 밖으로 나오는 소식은
날개되어 떠돌아다닐 때
콧바람 불러 열고 닫는 혼백은
염통을 북소리로 두들겨
울기도 하고 웃기도 하지만

잠긴 눈이 열리면 생각이 일어나
오래오래 살고자 걷는 길
백 걸음을 걸으면 지혜를 얻고
천 걸음을 걸으면 재물이 보이며
건강을 심으려 만 걸음으로 걷는다.

23.5도

23.5도 기울어진 지구에
사람들은 23.5도 기울지 않고
똑바로 서 있다 한들
마음은 이미 23.5도 기울어져
쏟아지는 생각들이 모아져
살 빠른 강이 되어 바다를 이루는데

세상이 기울어 있기에
반듯하게 일어서는 몸부림이고
아우성이고 시끄럽다
전능자 붙잡고 일어나는데
견디지 못해 쓰러지는 무리들
중심을 잡았던 똑바른 사람들도
넘어지고 엎어지며 탄식한다

23.5도 기울어진 나는
언제나 똑바로 일어서길 힘쓰나
영육이 (23.5 + 23.5) 47도 되어
쏟아지는 기운이 하늘에 쌓으면
무게를 실은 지구가 23.5도 쏠려
봄 · 여름 · 가을 · 겨울로 기울고

철따라 고개 숙인 47도 바람이 일어
칼날 같고 불 같은 94도 햇볕을
비껴가듯 걷는 꽃게 걸음이 23.5도.

내비게이션Navigation

28

그릴 줄 모르는 길을
챙길 수 있는 지도책으로
번지수 찍어 따라가면
목적지까지 쉽고 빠르다

못난 운전사를 무시하지 않고
복잡한 곳이면 똑똑하게
차별없이 도와주는 배필이며
안전하게 가르치는 지도교수다

남은 시간이나 여행을 즐기려면
심심하지 않은 장난감같이
꼭 찍어서 가는 평생 안내는
똑똑한 내비 하나 가졌어도

내 사랑 찾아가는 방법은
계속 '찾는 중' 이라
속이 타는 내비가 시커멓다.

제2부

심心 봤다 봄에

봄비 1

30

무겁게 흔들리는 만큼
마파람으로 녹으면 꽃비 되어
뿌리 깊이 뻗어 내린다

세상은 가득한 색색으로
사람들은 핏빛 가득 장미꽃으로
가슴에서 피어날 때

수선화 민들레 개나리는
꽃비에 달군 황금빛을
입에 가득 물고 웃으면
휘둥그레 설레는
풋내만 가득 차오른다.

봄비 2

어쩌다가
가슴 한 움큼 나누는
포근하게 안아 준 포옹이
뜨겁게 녹은 눈물 한 줌 쏟아져
아까워 버릴 줄을 몰라

안으로 붙잡은 게 무엇인가
두고 보면 전부 보일 것이지만
가슴으로 담아 둔 것
그것이 무엇인지 알 것 같은
목청 터지며 기뻐 뛰었지만
한 움큼 눈물 받아 놓고 보니
꽃으로 피어나는 촉촉한 봄비였어.

봄마중

32

두꺼운 먹빛 거두어 가기를
아직도 두 시간이나 더 기다려
밀치고 밀어서 올리던 것을

달디달게 맛 오른 것은
뜨신 맛이 눈망울 가득한
흙집 비집고 올라오는 것을
군침으로 먹고 싶다

해 저물기 전에 한 소쿠리
풋내를 수북히 캐어 놓아
얼음 녹인 비단물로
쌓았던 설움 씻어 내고
꽃을 피우던 몸으로 반겨 본다.

살아가는 기술

변한다
하루에도 팔만 번씩
시시때때로 변하는 것을
알에서 깨어 나오는 병아리같이
쪼아 구르면서 일어나

미친다
포기할 수 없는 꽃으로
하는 일에 꿈을 모아 피워라
수시로 변하면
미치는 법으로 살아나라

참는다
변하여 미친 만큼 참으면
찾았던 기적이라 눈 뜨이면
모든 것 아낌없이
가진 것 남김없이 모두 주어 버려라.

꽃마중

강 건너 샛바람이 밀려오고
산 넘어 콧바람이 몰려들어
벌판에 씨앗들이 모두 깨어나

뒷짐 지고 떠나 버린 인연들이
또다시 찾아올 때마다
쨍쨍하고 팽팽하게 채우는
가장 따뜻한 고백은
뭉텅뭉텅 터트리는 떼거리들

텅 빈 것을 채워
갈 길 묻지 않고 떠났는데
다시 살아서 돌아오던 날
채워 온 것이 어디 꽃뿐이더냐.

지휘봉

가리키는 곳이 아니라
따라오라는 촛점이다

흩어지는 것을 한 곳에 모아
하나의 몸통을 만드는 불꽃이다

갈 수 없는 길을 찾아
가는 길에서 짚어 가는 지팡이다.

보이느냐

네 이름이 보이더냐
보이지 않지만 들립니다
네 모습도 보이느냐
보이나 이름을 모릅니다
보이지 않는 데 믿었더냐
보이는 것을 믿으며 믿고 있는
이름을 들었으니 믿고 싶습니다

이름이나 모습을 다 믿어도
사람이라면 사람을 누구도 믿지 마라
사람은 믿는 대상이 아니라
사랑하는 실재일 뿐
다만 사랑은 향보다 가시가 많아
상처가 있을 것이다

사랑은 확실히 느끼는 것이나
믿음은 보이지 않는 것을 믿는 것
보이는 것은 순간순간이
보이지 않도록 끝이 없는 것이다.

새싹

꿈이 깨어
씨앗이 터진다

내민다
고개를 빼어 두리번거린다

나온다
가득 채웠던 것이 뿜어낸다

제자리 뿌리 잡아
힘쓰는 대로
땀이 흐르는 것은
생生이 줄줄 흐르는
콧바람이 사탕처럼 달다.

모르는 사랑

사랑해서 안 될 여자를
사랑이란 이름으로 엉켜 붙어
매듭 같고 실타래 얽힌 것을 풀었던
품안에 따스하게 하는 것은
오직 한 여자의 사랑뿐인데
만약 또 다른 여자가 있다면
너무 뜨거워 가슴 터져 버릴 것인가
진정으로 여자를 사랑하려거든
그 여자의 거울이 되어서
열린 가슴을 아름답게 보여 주는 것
여자가 얼굴을 꾸미는 만큼
보이지 않는 속이 추하다는 것을
거울을 보면서도 모른다
거울 보는 여자는 여자 만드는 일이기 때문에
여자에게는 마지막 사랑이라도
이별이라는 차가운 껍데기를
거울을 보며 벗겨 내며
사랑이라는 뜨거운 불덩어리를 찾는 일이다
여자는 사랑이 끝나면 헤어지는 것이 아니라
기억 속에 잊혀지기를 가슴에 파묻는다
아무 대답이 없는
끝 모르는 사랑을 숨기고 있다.

갈등

날이 밝았으니
지금이라도 나가면
박수를 받을까 야유를 들을까

기억이 새로워지는 일들이
걸음걸음으로 묻어나는
오래된 내가 어떻게 시작하는 것일까

꿈이 있는 곳에 빛이 있고
힘이 솟는 곳에 길이 있어
맑은 날도 흐린 날도
같은 날인데 어떻게 시작하는 것일까

날이 밝아 앞서 가느냐
오래된 내가 앞서 가느냐
한세상이 뒤엉키는
보고 듣던 말들이 열린다
목숨이 세월보다 길지 않다.

썰물

바다를 두고 나간 바닷가에
미소가 빠져 드러난 얼굴은
웃음을 버린 미련만 남아
가슴 드러난 곳마다 단단한 앙금은
세월 마르는 소리가 푸석거리고

눈시울 사이로 보이는 물덩어리는
마른 물이 가득한 하늘이랑
젖은 바람이 한나절이나 놀다 간다

바다가 말라 버리는 바닷가에
내 입술에 반가운 미소가
들고 나던 모든 것이
눈물을 감추어 버린 한 방울의 눈물로
나이 한 살씩 벗기고 씻겨서
하늘가로 몽땅 내려놓는다.

파도 1

보이지 않는 멀고 먼 길
바다보다 더 넓은 하루를 위해
바람이 팔방으로 제멋대로 있어도
한 줄기씩 떠밀려 오는 파도는
뒷걸음치지 않고
돌아설 줄 몰라 부딪쳐 버린다

분노의 성난 바다 있어도
서로 싸우는 파도가 아니라
부서진 눈물로 뭉치며
시퍼렇게 멍든 바다 되어도
가만히 누워 있는 파도가 없이
망망한 세월로 어깨동무하며
다시 왔던 길로 찾아오는데

바다는 어디서 시작되어
파도 한 장은 바람 속에서 글을 쓰고
파도 한 줄은 오선지에 가락을 실어
파도와 파도는 끝끝내 만나지 못하는
마음 한가운데로 가득히 밀려오는가.

* Hawaii, maui에서.

파도 2

42

산을 옮긴다
쌓아서 올린
내 몫으로 만든 산을 보여 준다

게으른 것도 없으며
부지런 떨며 하는 일도 아닌데
엎어지면 일어나는
또 엎어지고 일어서는
실패하던 것이 더 큰 산으로

멋진 모양을 만들면 사라지고
피하는 것을 만나면 말아 삼키는
형체가 없는 사람들이 모여서
산골짜기 물을 모두 불러 모은
산이라는 산을 모두 만들어
형체 있는 사람들의 숫자보다
더 많은 산을 옮기고 있다.

* Hawaii, Maui에서.

파도 3

가짜로 우쭐대고 싶지 않아
더 낮아지고 낮아지는 곳에 머물러
세상 하나로 다 가지고도
바람은 천만 번 갈라져
수억만 산이나 골을 누벼
반짝반짝한 별을 셀 수가 없듯
하나인 내 가슴에도
울렁울렁 헤아릴 수 없다

달빛에는 여물지 못하여
태양에 뜨겁게 녹아들어
옥색으로 익어 버린
피할 수 없어 부딪쳐서
터벅터벅 무거운 걸음으로
떠나지 않는 사랑만 남겨 놓고
진혼곡鎭魂曲으로 베껴 놓는다

다 채워도 넘치지 않는 웃음이고
늘 비어 있는 우울증으로
하나뿐인 세상 모두 출렁출렁
놓지 못한 것은 오직 바람뿐이다.

고무 젖꼭지

엄마 젖이 마르지 않았는데
갓난이는 물렁물렁한 젖꼭지를 빨며
로봇이 소리 내는 디지털 스크린에
따라 하기 옹알이에 눈이 뜨고
헛배 채우는 배고픈 서러움은
북소리 심장에서 멀어진 만큼 멀어져
엄마는 통통 불은 젖가슴을 말리고
시큼한 땀내 배냇내 없어도
아기가 엄마를 알아보던 눈빛이
엄마가 아닌 엄마를 물고
배부르다 새근새근 잠들 때마다
아빠도 고무 젖꼭지가 보기 싫단다.

사람과 사람 사이

광장에 촛불 밝혀서
별같이 빛난 눈동자들

광장에 모인 사람들이
별과 별 만큼이나 멀리 있고

같은 사람끼리 별 만큼이나 먼
사람과 사람 사이가 어둡다

너와 나 사이에 깊은 강이 있으면
사람과 별은 촌수가 아득히 멀다

광장에서 살아갈 수 없는 촛불은
바람 앞에 꽉 찬 빛으로 흔들린다.

상념

46

보이지 않던 것이
새로운 것으로 찾아오면

멈출 줄 모르고 넘쳐나게
차오르고 있는데

끝까지 제자리 지키려
떠나지 못해 기다리고 있는지

가득 차오르면 빈 곳으로 떠나는
새로운 것들은 무엇인가.

제3부

심心 봤다 여름에

나뭇잎

눈이 오기도 전에 겨울이라더니
눈이 녹기도 전에 봄이 오나
땅 밑으로 끌어당기는
나무들은 빠른 물살의 강을 살리고
그 강물 끝을 눈부시게 채운
파도를 만든 바다가 넘실거린다.

희망꽃

어둠에서 피던 꽃이
새벽으로 피어난 꽃이
그대 원하는 대로 나팔을 분다
숨어 피어나는 꽃 중에 꽃이라서
한 번 피었다면 변함없던
벌 나비 덤비는
색깔이냐 냄새냐 하고
골수에 내려치는 번갯불이
산을 흔들어 솟은 불꽃이
심장 겨누어 놓은 총구멍도
번쩍번쩍 불을 뿜어낸
꿈속에서 보았던 꽃.

가뭄

물 먹는 하늘은
계절마다 싱싱한 초록색이나
물 마른 땅에 골짜기 마르니
흙먼지만 날고

정수리에 피 마르니 짠물만 솟아
흰머리 타들어 가는 골짜기는
마실 물 냄새를 그새 잊어버려
사막으로 헤매는 청춘은
바삭바삭 가물어서 늙어 간다.

목격자

내일은 또 다른 세상
오늘을 보고 보았지만
증인이라 나서지 않고
목격자라 말하지 않는다

사랑한 만큼 고통을 짐 진
세상 보이지 않는 끝에서도
확실히 보고 보았지만
오늘을 알고 있는 목격자는 말이 없다

삶이 어디서 오는 것이고
죽음이 어디로 가는 곳인지
두 방향 끝을 확인하는 여행은
목적지를 만나는 목격자뿐이다.

여지

수평선으로 달리는
출렁출렁 질서가 있다면
끝까지 가는 곳이 있다

바닥을 친 추락은
얼마나 긴 시간으로 정신을 놓아
의식 잃고 있었을까
차라리 바싹 깨져 버린
사금파리 조각으로 흩어져 버릴 것이지

한 가닥 숨통은 다치지 않고
멍들은 뼈마디가
일어서기를 버티고 있다

다시 달리고 싶다는
발바닥에 닿은 발길은
여지餘地를 얻지 못해서
추락하여 팽개쳐 있었다.

날개 1

해가 지지 않는 나라에서 사람들이 묻는다
얼마나 날아갈 수 있느냐고
피난처나 안식처나 놀이터로
찾아왔거나 도망갈 곳이 날개라면
세상으로 돌아다닐 곳이나
찾아다닐 곳도 날개다
머리 위에는
비행기가 날고 구름이 흐르고
눈앞에서는
철새가 날고 자동차는 달리는데
해가 지지 않는 것은
날개 잘린 새가 걷고 살아가는 법을
얼마나 많은 시간을 벌어야
가진 것이 모자라서 모자라도
날개 돋구어 펼쳐 훨훨
노를 저어서 스르르 둥둥.

날개 2

해가 뜨지 않는 나라에서
사람들이 눈만 뜨고
얼마나 많은 밤으로 지새워도
날개짓을 보이지 않고
서럽던 아픈 상처를 감추며
기다리고 참는 법을 알았다

해 뜨지 않아도
가슴으로 품은 태양을
눈빛만 보아도 알 수 있는
새벽이 밝아 오르는 날개가
가슴 펴고 웃는 법으로 날고 있다.

떨어지는 이유

마음 멀어지면 사랑마저 멀어지듯
가진 것 떨어져 서러운 눈물이며
먹을 것 떨어져 배고파 서러움을 삼켰다

외줄에 걸친 여지없어 떨어지던
톡톡 떠나야 할 때에
배고파서 울어 본 적도
서럽게 서럽게 묻혀 살면서

하늘에서 떨어지는
발 닿은 여지없는
날개 없는 듯이
빗방울이 무겁게 떨어졌단다.

귀울림

청진기로 듣던 북소리를
초음파로 들여다보면
내장 벽을 헤집어 찾아오던 소리와 모양새를
확실하게 알지 못하지만
깨어 있는 의식이 아는 통증만은
분명히 느끼는 나의 것도
이것이 무슨 판단이며 선고일지
청진기 초음파 내시경으로 둘러본들
아프지 않은 사람이 누구일까
학술이나 예술이나 기술이나
모든 신경이 곤두세워 귀에 모인다
피부 속 지나는 신경과
끓는 피는 이기기 위해서
만들어진 유령이나 괴물이
전설의 신화의 이름이며 권능을
흉내 내려고 하는 것이
피와 신경의 싸움터를 만들어
시간의 현장은 통증으로 알고 있지만
우주의 절대 진리는
무엇을 엿듣고 있는 전파 장치가
나 혼자만 시끄럽게 듣는 소리다.

똑똑한 세상

보라! 보았던가
태양이 똑똑하여 똑똑한 날씨가 많아
하늘이랑 바람이 행복하다

길이 반듯한 고속도로가 똑똑하고
전화기에 선이 없어 똑똑해졌고
사람들은 많이 배워서 똑똑한데
땅에 있는 모든 것들이 톡톡 영근
문명의 이기가 빠른 시대일수록
사랑만은 바보가 되어 있더라

바보 같은 사람이 똑똑하면
다이아몬드 손가락에 끼고도 모자라
목에 걸어 번쩍번쩍 빛나건만
거울이 깨져 무너지면
사람을 믿는 믿음마저 부서진다

똑똑해지는 세상에
똑똑한 사랑은 잔혹한 형벌이라면
사랑은 바보 같은 바보가 그리워진다.

세상 바라보기

바람이 읽어 주는
경문을 알아들어서
고개를 끄떡끄떡하는지
경문에 취해서 흔들거리는지

이 세상은
책이며 스승이라서
속에 꽉 찬 글이며 말을 골라
내 머릿속 공책에 생각을 적는다

이 세상은
소리 없는 소리라도
아름다운 음악이며 그림을 그려
빈 가슴속을 가득 채운다.

사람 만드는 집

누가 묻는다
"사람 만드는 집 아느냐."고
배운 것은 알고 있으나
집도 모르고 사람도 모르며
내 마음도 모를 때가 많아
사람 만드는 집은 알 수 없고
도둑 가두는 감옥은 알고 있다

욕심대로 훔친 도둑은 있어도
영혼을 훔치는 도둑은 없단다
바늘 도둑도 감옥살이를 하지만
마음을 훔친 도둑은 철창이 없어
말품 팔아 마음 훔치는
말하는 기술이 듣기 좋은 세상이다

도둑놈들이 만사태평 즐거운
웃는 얼굴로 뻔뻔하게 누리고 있다
그래서 도둑놈들이 더 큰소리 친다
사람 만드는 집이라면 이전에도 이후에도
마음을 훔치는 달콤한 말이 아니라면
저기 저 집 도둑놈의 집에
인간이 타락한 만큼 도둑놈이 많단다.

도박판

밀물 드는 항구마다
배를 묶어 놓은 정박장에
손가락에 붙잡은 눈빛 불빛이 날카롭다

깔린 배들이 저인망으로 당긴다
숫자들이 무겁게 끌려오는 그물에
은빛 비늘이 팽팽한 미인조차
얼씬도 못하게 숨죽인다

물결이 잔잔한 데로
가볍게 눌리는 쪽배는 가라앉고
하늘이냐 땅이냐 가르는
끝수 무거운 배가 벌렁 뒤집어진다

초점이 박힌다
한순간에 침몰한 배들이
울컥 뒤집힌 물방귀 뽀로로 솟는다

어부는 항구를 떠나고
고기는 물러서 썩어 가면
침몰한 배들은 물먹은 채 독이 오른다.

마디꽃

마디마디 얼굴들이
가지가지 꽃들이
아직도 피워 본 적이 없다던
꽃으로만 피던 마디가
얼마나 많이 기다려야 하는가
마디에는 텅 비어 있는 세월만 있고
가지 가지마다 꽃으로 솟아 피던
잎으로만 피었던 마디마디에
바람 소리 한마디에 웃고 울던
말 한마디에 피어나는
눈꼬리 올라 세운 웃음이
마디마디에
가지가지에 피운 꽃이 아니었더냐.

삼거리

갈림길에
가던 길로 갈 수 없는
어둠에서 길 잃어버렸을 때
준비 없는 등불 없어
찾는 길은 나이 먹는 일이고
길이 있음은 늘어 가는 주름살이

팔다리로 기어 다닌 걸음마로 시작하여
수천 번이나 넘어졌다 일어나
얻은 길이 있고 만든 길이 있어
엇갈리는 삼거리 길에서
바람 안고 흔들거리는
초점 흐리는 꽃들만 피어 있었다

버리고 가는 길에 방황하고
돌아서 오는 길에 후회하고
바로 따라가는 길에 회의하는
마음으로 닦아 온
가지 못하고 가지 않을까
영원히 가 보고 싶은
또 다른 바깥 세상으로 가고픈 길일까.

불치병

당신에 대해서는
일체 아는 것이 없는데
웬일인지 밝은 달로 떠오르네

반겨서 그려 보다가 쳐다보면
조금 알 것 같은
뜨거운 얼굴로 빛나네

당신이 열병인 줄 몰랐던
서로가 품었던 불치병은
평생 앓고 찾았던 것을
이제야 알게 되어 마주 보네

사랑이 불치병이 아니라면
둘이서 태우다 헤매는 모습
다스릴 수 없고 고칠 수 없는
가슴에 새겨진 모습이
불치병으로 바라보지 않을 것이네.

용서

서투른 칼질하다
날이 빗나가 살을 찍어
아리고 쓰리는 통증이
안전한 신경은 비상 선포를 하고
출혈이 퐁퐁대며 맥이 솟구치던
그렇게 아픈 살점도
아물던 과거로 용서가 되었나

조심성 없는 입질하다
입으로 먹으면 힘줄이 자라고
마음으로 먹으면 영혼이 자라
곁가지로 뻗어 가는 사랑이

잘못된 지난날을 잊고서도
구멍 난 상처가 아플수록
사랑이라도 용서할 수 없었나
가슴이 아물기를
조금 더 기다려 하늘을 올려본다.

제4부

심心 봤다 가을에

들녘에서

온다온다 하는 것은
나를 찾아오던 것을
간다간다 하는 것은
나를 두고 가는구나

이때를 기다릴 것도 없이
어디서 오며 어디로 가는지
준비 없이 오지 않으며 가지 않는데
준비 없는 내 주머니 챙기지 못하고
게으른 발걸음만 남았을 때
기억할 수 없는 눈요기는
그렇게 변하는 것을
모르는 척 지켜보며 바라보고 있었다.

발가벗은 하늘

하늘이 허물 벗으면
옷 벗은 나무 위에
하얀 솜털 옷을 입는다

만물이 하얗게 물들인
세월에 웃자란 마음
벗어 버리고 버려라

하늘도 벗고 나무도 벗으면
마음도 벗고 걸친 것을 벗어

하늘이 모두 벗어 놓는
부끄럽지 않는 하얀 마음으로
깊고 높은 세상만 보았단다.

외로움

보름 동안 채우면서
부푼 꿈으로 우러러보던 것을
보름 만에 비워 버리는 외로움은
어둠 속 바람 한 줌으로 앓던 병

스스로 물러가도
돌아오는 여행길에 눈빛이 많아
밝아진 보름달에
작아지던 외로움이
강하게 뻗치던 힘은
홀로 설 수 있다는

달은 외로워서
떠오르는 게 아니라
홀로 설 수 있었다는 빛이며
바라보는 눈동자다.

꿈

앞모습으로 오는가 뒷모습으로 가는가
오늘도 밤길 얻어 미친 듯이 찾아 나선
앞모습 보려고 찾았던 꿈

새벽 시간도 알아보지 않고
손에 잡은 바람마저 놓치며
뒷모습만 보이던 꿈도 사라졌다

눈 밝히던 불빛 내던지고
내일 또 약속한 어둠 속에
꿈, 들어 보기는 했어도
확실히 보지 못했기에
나는 무엇 하나 얻으려고
어둔 밤을 기다린다

어둠을 끝까지 따라나서
가질 수 없는 것을 가질 수 있을 때까지
찾는 것은 꿈이라서
어둠에 빛나는 별이라서
여자는 앞모습을 보이던지 보이고
남자는 뒷모습을 보일 듯 보이질 않았다.

아직 모르는 일

아픈 시간을 풀잎 끝에
흔들어 떨쳐 내릴 때
미련없이 가고 싶어라

눈물로 확인한
강물로 그어 놓은 선
죽지 않고 살아 있다고
찾아왔다가
떨구어 내리는 흔들림

큰 세상
한 바퀴도 돌아보지 못했는데
풀잎에서 뒹구는
하루 중 반나절 동안
몇 바퀴를 더 굴러 보았다

아직도 모르는
어디에 어디쯤일까.

잃어버린 시간

눈물이 마른 슬픔은
생각이 없는 가슴이었나
이미 놓아 버린 끈
처음도 나중도 없는
배고픈 사랑을 참은 지 오래다

참은 만큼 단단한 앙금
아픈 것은 용서밖에 없었다

하나밖에 없는 소중한 것들
다 내 것이 아니었다
시간을 잃어버리고 나면
그때에 아는 사람
나는 그것을 알았을 때
이미 지나 버린 시간의 매듭이었다.

종합병원

비릿내 붉은 핏덩이 쏟은
구수한 배냇내 마른자리에
둥글둥글 키웠던 자식들도
골 깊어 주름진 고랑에서
시큼털털한 노인내 난다며
서러운 눈물도 통증도 말랐다

어느 곳에도
슬프게 말하지 않아도
온몸으로 짊어진 설움이
힘 빠지고 아프면 병원신센데
자식들은 민두덩이라 쌍까풀하고
코 높이 세우면 미용이던가

처음 것들이 닳고 없어진
한세상 다 부려 놓은 망령들이
종합병원에 다 모이면
저 하늘에 워낭이라도 울리며 떠나는
종탑 높은 소망을 올려다본다.

가을비

꼭지에서 꼭지점으로
동지冬至 지나 곧바로 가는 하지夏至
하지 지나고 나면 동지로 기울어
짧아지는 해거리 중간쯤

작살비 내리던 여름 장마보다
따끔따끔 쑤셔 대는 가을비가
색색으로 물색 들이는
누더기 기운 이파리 꿰매어
해거름은 서풍으로 식어 버리고
겨우살이 채비하는 바늘비가
마른 옷에 꽂혀 떨구어 낸다

비 그치면 계절이 끝나고
비 내리면 가슴속 재우던
서릿바람에 낙엽 쌓이듯
서럽게 울었던 피 맺힌 눈물이었다.

예술과 기술

정도일까 비법일까
달인의 비법이 기술이지만
기술의 비결은 깨우침이라
생활에서 깨달음은
상처투성이가 만들어 준
예술의 명품이어야 하고
삶의 기술은 예술 작품으로
명인이자 달인이 되어
세월따라 쫓겨 가지만
나이에는 절대 쫓기지 않고
하고 싶은 일을 끝까지 하며
하기 싫은 것은 못하는 것이
예술과 기술의 방법일까
꽃을 피우는 것은 예술
씨앗을 싹틔우는 것은 기술
사랑은 기술로 시작해서
명품으로 만들어 내려면
얼마나 더 많은 할 일로 남았더냐
피어나는 꽃마다 꿀을 모았듯이
입술 벌어진 꽃잎 속에
벌침 깊이 박아 빨아 대는 기술이
예술의 욕망이던가.

낙엽 1

떠나는 자리에
사라지거나 죽지 않는 부활은
훈훈한 바람으로 물어 왔는데
선선한 바람으로 응답하는구나

또다시 태어나려면
사람은 늙어 가도 세월은 젊어지려
봄바람으로 다시 만나기까지
쓰디쓴 한겨울의
산통을 참아 이겨 내는
고독이 춤추던 흔적이라 한다.

낙엽 2

단풍놀이 때마다
자고 나면 떨어져 앉아 뒹구는데
진열장 물건마다
낙엽 같은 상표는
가격 더하기로 붙어 있고

가지고 있던 짙은 색은
밑바닥이 넓어 오른 산꼭대기에
저 높은 바람을 안고
밑둥지 깊고 넓게 뻗친 뿌리 힘으로
마른 잎이라도
합창이 되도록 노래 부른다

종일토록 하루 다르게 힘쓰다 보면
잃은 것을 얻는 생명이라고
저 하늘에 별을 잡을 때까지
단풍놀이는 쉬지 않으리라.

낙엽 3

있어야 할 때와
떠나야 할 때를
누리는 자유는

변하여 떠나고
놓쳐서 떠나고
채워서 떠나는데

비바람 맞으며
섭렵한 글과 말이
행복해져야 하는 이유
반짝반짝 빛나는
서릿바람으로 쌓인다.

낙엽 4

떠나 살 수 있다던
맺힌 숨을 고르며
매인 것을 풀어 떠난다

돌개바람으로 파 엎어지듯
가지가지 엮은 것을
속에서 풀면 우듬지에서 풀고
우듬지를 비우면 바람으로 풀어
뿌리를 위해 가져다 주고
흙을 위해 덮어 주어
신생아처럼 자야겠다고

매인 가지에서 벗어나
이제라도 쉬어 볼까
바람에 너풀너풀 춤을 춘다.

낙엽 5

불볕에 정들었던
젖은 바람으로 부서지던
손 놓아 떠나는데

쉬어 가는 계절로 밀려서
마른 잎으로 떨어진다고
슬퍼하는 일이 아니라
새벽같이 일찍 마중 나서는 길이다

다시 돌아오는 날까지
강물이 빠른 흙으로 느낀
생령으로 묻어 둔 뿌리가 되어
새로운 세상으로 태어날
삭아 버린 사랑의 흔적이다.

거울 앞에서

내 눈에도 내 마음 아니거든
남의 몸을 가진 것이
진심을 감추고 숨긴다

내 눈에도 내 몸에도
가시 세운 독을 품어
바로 볼 수 없었는데

두 눈을 감았듯이 가슴 닫아
남의 눈으로 보던 짓이
보이니까 확실하게 보았다

이렇게 와서 저렇게 가 버리는
이렇게 살다가 저렇게 떠나는
단비 내리면 초록으로 짙어 가는데

세월이 머리에 쌓이면
흰 눈 내리던 계절인가 싶고
세월이 얼굴에 내려앉으면
시들어 가는 꽃이련가.

제5부

심心 봤다 겨울에

늦기 전에

여린 색色은
바람 속에서 익어 가면서
그 많은 색이 무거워도 가볍게 불어
계절마다 여행으로 떠나면
색색끼리 짙어지고
돌아오는 바람이 무거울수록
가장 많은 색으로 바랜다

바람따라 가진 색이 변하기 전
가 보고 싶은 곳이라면
꼭 만나 볼 것이 있다는데

늦기 전에
더 누리고 싶은 놀이터에
남기고 싶은 이야기 때문에

가진 색을 놓아 버리려는
바람에 흔들려 무너지는 가랑잎이
더 늦기 전에
회오리치는 바람으로 일어나는 것을
아직도 느끼지 모른단 말인가.

하얀 눈물

울어 본 적이 있는가
그렇게 묻지를 마라
우는 데는 이유가 없다

그리워 우는 일도 아니고
가슴 넘친 즐거움도 아니며
외로운 슬픔도 아니고
가슴 아린 통증도 아니다

먹피 시꺼멓게 우는 날은
앙금으로 다져진 응어리 녹는
하얀 눈물로 쏟아지는
눈이 쌓이던 겨울밤이었다.

흑과 백

나 둘로 나누어 보면
주인인가 손님이던가
시간 따라 이쪽도 되고 저쪽도 되어
어둠 아니면 대낮인가
밝아지면 다 보이는 대로
마음 주어 버리고
세월 안아 들이고 세상 잡아 들인다

밤낮을 따라가 보면
세상에 살아 있는 모두가
보기 좋고 듣기 좋아
아는 만큼 헐떡거리는 숨소리는
숯은 땀방울 모으면 사랑이 되고

가장 가까운 동반자는
주인인가 나그네인가
해 뜨고 달 떠오르는 것 같이
어둠에 살찌며 자라난
하얗게 물든 마음으로 보인다.

나목裸木 2

하늘이 계절마다 비를 뿌리면
서두르는 일들이 분주하다
가을에는 막 다르게 준비하면서
잠시 쉬어 갈 수 있는 그늘 없도록
나무마다 다 큰 싹을 숨겨 버린다

또다시 숨을 가다듬기 위해서
또다시 이루기 위해서
기다리며 참아 가는 모습은
새로운 봄이 오고 있다고
다 벗어 던진 알몸으로
열병 앓아서 얼음을 녹이려나

알몸으로 꽃을 아프게 간직한 마음은
준비하지 않는 사랑은 하지를 말라

사랑은 준비하지 않아도
저절로 찾아오는 것이 아니었던가.

멈추지 않는 바퀴

봄은 살찔수록 꽃으로 피어나고
여름이 녹을수록 잎이 짙푸르고
가을은 높을수록 붉게 물들고
바람이 물 먹어서 하얀 겨울이란가

물오른 젖가슴 통통 설레는
탱탱한 햇빛은 뜯기는 소리가 쨍쨍하여
씨앗으로 여물어 벌어지는 알밤이
헤벌레 웃고 있는 속살은 하얀가

반나절 잠자고 반나절 눈뜨면
하루 한 바퀴 돌아서 한 눈끔 찍은
사 계절이 쉬지 않고 돌아오면
평생 달리고 있는 멈추지 않는 바퀴
바퀴살에 텅 비어 있는
그 속에서 머물다 사라지는
내일 또다시 오늘같이 돌아간다.

무심無心

태초에 없이 없이 없어도
태양 공기 물이 있어
눈 · 코 · 귀 · 입 없는 머리로
없이 없이 없이 못살 것 같아

있어야 살아가는 천국에
하늘 땅 구하는 것은 황금이지만
생사 없는 신神이 되어
없이 없이 없이 살아가려면

싫어 싫어 싫은
점으로 찍어 둔 마음을 없애 버리자
한 점 두려움 없이
환상幻想 없이
아집我執 없이
편견偏見 없으니
가난하여도 넉넉한 무심.

마지막 손님

떠나는 시간 알지 못해
떠나는 발자국이 터벅터벅
내가 없으면 소용없는 것을
이루지 못한 꿈을 챙기려 한다

느닷없이 찾아오는 손님
놀라지 않고 기뻐하는 반가움이
따뜻한 가슴으로 웃으면서 껴안은
눈물 감추며 눈을 감으며

내가 없는 때를 알고
찾아온 마지막 손님이
나를 두고 떠나는 사람들이
두 눈 뜨고 확실히 깨닫는 것은
병든 내가 병든 몸이 되었던
놓아 버린 세상 고통 없이 편히 쉬겠노라

생각을 바꾸어도 마지막 손님따라
피하지 못하는 마지막 시간에
홀로 다시 시작하는 길을 떠난다.

영안실의 온도

앞으로 앞으로 가다 보면
숨이 다하여 여기다 하고
오던 길 돌아갈 수 없는
땅끝 하늘 얼음덩어리
영하 섭씨 10도
녹지 않는 덩어리

영안실의 온도는 얼음덩어리
살아 있는 사람은 벌벌 떨고
벼랑에 서서 목숨을 느낀 온도
살아 있어도 영안실에 갇혀 지내는
북쪽 끝에 하늘 닿은 얼음 땅
끝이 없는 것은 여기까지야

그 끝나는 곳이 또 다른 출발을
바라보고 가는 하늘 높은 곳
쌓인 눈밭에는 있던 길도 없으니
없는 길 찾아가는 길이 멀기만 하다.

내 자리

내 자리를 찾아
기둥을 세울 수 있는 주춧돌이
안전하게 받쳐 주는 곳
중심을 옭아매는 목숨의 뿌리인가
능력의 한계를 넘으면
즐기는 일도 병이 되고 만다

물드는 나이 저무는 세월에
햇살이 어디에 숨어도
구름에 갇히면 어둡고 추워
저 높은 곳의 찬란한 낙원
갖고 싶은 무덤으로 찾아

아직도 저 높은 곳을 모르면
내 자리로 찾아갈 수 없는 곳
지금 이 자리에
끝나는 시간으로 허락하지 말고
저무는 나이로 준비할 때다.

해우소解憂所

밖에서 똑똑 사색思索
안에서 똑똑 사색死色
밖에서는 기다리는 사색死色
안에서는 비우는 일로 사색思索

밖에서 똑똑 절차切磋
안에서 똑똑 탁마琢磨
안에서는 날개를 펼칠 절차切磋
밖에서는 세상을 알리는 탁마琢磨

밖에서 껌벅껌벅 눈을 뜨면
안에서 폴딱폴딱 마음 닫히고
밖에서 눈을 감으면
안에서는 꿈이 보인다.

사람 공부

오랜만이네!
좋은 일이라도 있는가?
공부를 시작합니다
무슨 시험 보는가?
아닙니다
시험에 나오지 않는 혹세무민*
기계 공부 아니고 사람 공부입니다

좋은 기계 기술 많아질수록
나쁜 사람들이 많아지고
착한 사람 바보 되어 피하는데

사람 공부 잘한다는 시인은
으뜸이라 말하지 말라
기계보다 솔직해서 다르다는
자신과 가정과 나라를 지키고 구하는
제일 어려운 숙제이며 처세 아닌가

사람과 사람 사이가 어둡고
가슴 막혀서 통하지 않는구나.

*혹세무민(惑世誣民): 세상을 어지럽히고 백성을 속이는 일.

상상력

깊어서 소리가 없는
할 말을 감추어 버린 침묵

내 하던 말 아무 소리 아니면
가슴으로 귀 기울여 보면
다 들릴 것이며 들을 것인데
그때마다 못 들은 척하지 말라

내가 네 말을 안 들었을 때가
이때인가 싶은 찰라
이제부터라도 귀를 감추지 말고
헛소리라 피하지 말고
놓치지 말고 붙잡아 담아 두어라

네 영혼 안에 떠도는 소리나
하늘 가득한 맑은 소리를 들어 보면
내가 꼭 해야 할 못다 한 말들이
언제나 들리지 않았던 번쩍하던 순간이다.

남은 시간

밥 한 그릇 먹다가
남기고 싶은 시간이었으면
길 위에 사람들은 남는 시간이 없고
공원에 앉아 있는 사람들은
남은 시간이 출출하다

곁에 붙어 있지만 얼마 남지 않았다
느끼는 것은 떠날 시간으로
손을 꼭 잡아 준다
손안으로 흐르는 남은 시간까지
손때 묻은 것을 놓고 떠나는 것이
떠나고 나면
빈집에 남는 혼자일 것이다

곁에 조금 남은 시간이 있다면
짜증이 가득한 얼굴이라도
꽃이 피어나도록
정말 듣고 싶은 한마디 '사랑해'
왜 이리 서러울까
짧은 시간이라면 돌아서서 '사랑해'
높이 받들어 줄 수 있는 남은 시간이다.

12월을 보내며

시간이 저물어
12월도 어쩔 수 없이 저물었다
지나온 흔적으로는
하루가 반짝반짝 있었나 싶은데
12월이 내일도 오늘같이
또다시 찾아든다고
미련 없이 떠나간다
성숙하게 익은 12월을 보내면
또 다른 새날이 다가온다
여명이 새로운 새해로
소원하는 일들이 신선한
새살같이 돋아 나온다
오늘 못다 한 일들이
아물은 상처에 새살 돋는다.

종점

어둠을 끌어안고
밀치며 뛰어나온 숨소리
탯줄을 자르고
가슴 모질게 고문을 하던
아물어진 배꼽에 머문 소용돌이

사람을 만나 보려거든
종점에 가 보고
사랑을 알아보려거든
막차를 타 보라
누가 날 마중하였든가

마지막 떠나던 것은
홀로 왔든 오던 길이었으니까.

극에서 극으로

북극에서 심어 오는 서릿발이
얼음 위에 미끄러져 일어나
입이 얼어 목마른 바람이
물을 찾아 남으로 남으로 달리는
바람도 무거워 헐떡거리며
세상 끝에서 끝까지
다시 제자리에 돌아오기까지
한 번도 누워 본 적도 없이
쉬어 가지 않았다

끝에는 끝이 없었다
새로운 출발은 어머니를 떠나
사람이 사람을 떠나 살 수 없듯이
바람도 바람을 떠나 살 수 없었다

바람에 실린 사람 냄새가
사람들은 바람을 붙잡아 두려고
과학이라 하여도 모르는 척하며
전능자 능력을 믿지 않고
끝에서 숨어 사는 것을 찾는
극에서 극으로 이쪽에서 저쪽으로
참아야 이기는 것을 찾아다닌다.

바람 없는 날에

바람 없는 날에
하얀 비가 주룩주룩 내려
가슴이 흠뻑 젖은 채로
그리움만 살아나
바라보는 눈빛 풀어진
하얀 눈물만 고인다

비 내려도 빈 가슴 채우지 못하고
나누어도 섭섭한 마음뿐인데
안은 것은 붙잡지 못한 빈손이었다

하얀 것을 풀어 마시고
물색으로 물든 들녘에도
텅 빈 곳에 채워지는 것은
어찌 바람뿐일까

바람같이 가볍게 떠나는
바람 없는 날에
서로가 서로를 바라보며
빈손 들어 흔들어서 빈손이다.

만년설萬年雪을 녹인 시심詩心의 온기溫氣

정용진 시인(미주 한국문인협회 회장)

시인은 영혼의 창을 열어 심안心眼으로 세상 사물을 바라다 보고 그 속에 담겨진 순수와 진실을 밝혀 주는 사명인이다.

그렇기 때문에 시인들이 탄생시킨 창작의 작품 속에는 기쁨과 성냄, 슬픔과 즐거움이 항상 공존하고 있다. 시 속에 시인의 시심이 생동하는 눈빛으로 살아 숨 쉬고 있다는 뜻이다.

이제 여기에 『이 세상에 e-세상, 『떠나도 지키리』, 『허허벌판』에 이어 제5시집 『심心 마음 가리킨 생각』이 서용덕 시인을 통하여 세상을 향하여 고고呱呱의 성聲 을 울린다.

서용덕 시인은 만년설이 뒤덮인 미국의 최북단 알래스카에서 살면서 진솔한 시를 쓰고 있다. 그가 자신이 살고 있는 곳을 얼마나 사랑하는가는 그의 아호 설천雪泉만 보아도 능히 짐작할 수 있다.

꿈속에서 헤매다
쫓기다 놓치고 놓친
진땀으로 품안 찾아 안아
"내 것이다." 소리쳤던 외마디

첩첩 산속 헤매다
번쩍 뜨이는 생각
임자 없이 기다린
"심心 봤다." 소리 지른 한마디

오늘도 오다 가다
부딪치며 놓치고 붙잡는
그 생각 하나를
"내 것이다."
"심心 봤다."
피 토하는 두견새처럼
목 놓아 외쳐 보던 날이다.
_〈심봤다〉 전문

　시인이 "심心 봤다."를 시집 제호로 정한 것만 보아도 그의 시상이 어떻게 전개될지를 암시하고 있는 대목이다.
　산삼을 얻는 축복은 천지인天地人의 축복과 조화가 없이는 불가능한 일, 설원 속에서 산삼을 캐는 심정으로 시상을 전개하고 피를 토하는 두견같이 울고 싶다는 시인의 절절한 고백이 작품 속에 여실히 각인되어 있다.

　강 건너 생바람이 밀려오고

산 넘어 콧바람이 몰려들어
벌판에 씨앗들이 모두 깨어나

뒷짐 지고 떠나 버린 인연들이
또다시 찾아올 때마다
쨍쨍하고 팽팽하게 채우는
가장 따뜻한 고백은
뭉텅뭉텅 터트리는 떼거리들

텅 빈 것을 채워
갈 길 묻지 않고 떠났는데
다시 살아서 돌아오던 날
채워 온 것이 어디 꽃뿐이더냐.
_〈꽃마중〉 전문

인간은 인간과의 대화를 통하여 자기 자신을 발견하고 주위의 자연을 통하여 상호 교감이 이루어지기도 한다. 그렇기 때문에 노자老子 같은 도학자는 자연을 거스르지 말라고 무위자연無爲自然을 역설하기도 하였다.

'강 건너 생바람이 밀려오고/산 넘어 콧바람이 몰려들어/벌판에 씨앗들이 모두 깨어나 … 텅 빈 것을 채워' 꽃마중의 이 진솔한 언어들은 시인의 자연을 바라보는 순수가 내면 속에 숨겨져 있음을 여실히 보여 주고 있다.

철인 데카르트의 말처럼 인간은 절대자로부터 내어던져진 피투성被投性적 존재로서 자신의 자아의식을 스스로 발굴하려는 부단한 노력과 사명을 지니고 태어난 존재다. 특히 시인에게 있어서는 삶 속에서 수시로 대하고 느끼는 세계가 자신의 작품 속에 명징明澄하게 나타나야 하기 때문에 시인은 항상 진실한 마음의 자세로 독자들 앞에 서야 하는 것이다.

서용덕 시인은 만년설이 덮여 있고 만년빙이 쌓여 있는 알래스카에서 작품 활동을 하고 있기 때문에 작품의 세계가 세속에 물들지 아니하였다.

이제 서용덕 시인의 시집 『심心 마음 가리킨 생각』이 독자들을 향하여 다가간다.

'꿈이 깨어/씨앗이 터진다//내민다/고개를 빼어 두리번거린다//나온다/가득 채웠던 것이 뽑어낸다' 〈새싹〉의 일부다. 시인은 사색과 명상의 주인이 되어야 명작을 남길 수 있다.

그렇기 때문에 시인은 늘 자기 자신과 싸워야 한다. 날마다 수시로 부딪치는 숱한 갈등 속에서 방황해야 하는 이유가 바로 그것이다.

날이 밝았으니
지금이라도 나가면
박수를 받을까 야유를 들을까

기억이 새로워지는 일들이
걸음걸음으로 묻어나는
오래된 내가 어떻게 시작하는 것일까

꿈이 있는 곳에 빛이 있고
힘이 솟는 곳에 길이 있어

맑은 날도 흐린 날도
같은 날인데 어떻게 시작하는 것일까

날이 밝아 앞서 가느냐
오래된 내가 앞서 가느냐
한세상이 뒤엉키는
보고 듣던 말들이 열린다
목숨이 세월보다 길지 않다.
_〈갈등〉 전문

이 작품 속에서 시인이 시를 쓰면서 숱한 고뇌와 갈등을 강하게 느끼는 모습을 여실히 보여 주고 있다.

역사 속에서 위대한 작가는 위대한 고뇌를 만난다. 그리고 이러한 상황을 스스로 극복하지 못하고 좌절하면 스스로 생을 마감하기도 한다. 〈노인과 바다〉, 〈분노의 포도〉의 헤밍웨이와 존 스타인벡이 그 예가 아닌가.

스스로의 갈등을 극복하고 넘어서는 존재 이것이 성공한 작가의 모습이요, 아름다운 표본이다.

눈이 오기도 전에 겨울이라더니
눈이 녹기도 전에 봄이 오나
땅 밑으로 끌어당기는
나무들은 빠른 물살의 강을 살리고
그 강물 끝을 눈부시게 채운
파도를 만든 바다가 넘실거린다.
_〈나뭇잎〉 전문

서용덕 시인의 시 속에는 유독 자연이 많이 등장하고 진지한 삶을 추구하는 모습들이 주조主調를 이룬다.

알래스카는 자연의 보고다. 나도 오래전 그곳을 방문하여 육로로 전체를 일주하면서 산을 뒤덮은 만년설의 상서로움, 그리고 수시로 지축을 흔들며 바다로 쏟아지는 만년빙의 거대한 폭음에 놀라움을 금치 못한 아름다운 추억이 있다.

해마다 6~7월이 되면 아류산 열도를 거슬러 알을 낳기 위하여 알래스카 물길을 따라 몰려오는 무지갯빛 연어 떼들의 귀소 행렬의 장관, 이런 힘차고 넉넉한 시심이 서용덕 시인에게 평생을 넘쳐나기를 기원한다.

캐나다 록키 마운틴의 만년빙과 더불어 알래스카의 빙산은 온 세계 인류들의 위대한 자연유산인데 해마다 녹기를 더해 안타까울 뿐이다. 다시 시인의 시 〈세상 바라보기〉를 감상해 보자.

바람이 읽어 주는
경문을 알아들어서
고개를 끄떡끄떡하는지
경문에 취해서 흔들거리는지

이 세상은
책이며 스승이라서
속에 꽉 찬 글이며 말을 골라
내 머릿속 공책에 생각을 적는다

이 세상은
소리 없는 소리라도

아름다운 음악이며 그림을 그려
빈 가슴속을 가득 채운다.
_〈세상 바라보기〉 전문

　산중에 사는 사람은 오히려 산의 장중미莊重美를 더 잘 모른다. 산의 품속을 떠나 멀리서 바라다볼 때 산의 참 모습을 발견할 수 있는 것이다.
　시성 괴테가 알프스산을 오르다가 그 산세의 웅장미에 감동되어 '위대한 창조주시여! 이렇게 거대한 작품을 지어 놓으시고 어찌 말이 없으십니까?' 모자를 벗고 절을 하였다는 유명한 이야기가 있다.

온다온다 하는 것은
나를 찾아오던 것을
간다간다 하는 것은
나를 두고 가는구나

이때를 기다릴 것도 없이
어디서 오며 어디로 가는지
준비 없이 오지 않으며 가지 않는데
준비 없는 내 주머니 챙기지 못하고
게으른 발걸음만 남았을 때
기억할 수 없는 눈요기는
그렇게 변하는 것을
모르는 척 지켜보며 바라보고 있었다.
_〈들녘에서〉 전문

『허허벌판』이란 시집을 낸 시인의 〈들녘에서〉란 시의 전문이다.

광대무변한 들녘에 서서 오곡백과가 익어 가는 정경은 나 자신을 되돌아보는 심정의 참신함을 얻는 순간이다.

빈 지게를 지고 다니는 농민은 늘 가난하고, 빈 수레의 바퀴 소리가 요란하듯 작품이 별로 없이 장자리만을 찾아 헤매거나 문학 단체들만 이리저리 기웃거리는 문인은 영혼이 죽은 문인이다.

수시로 자기 자신의 작품을 들춰 보며 퇴고推敲를 반복하고 절차탁마切磋琢磨를 일삼는 문인이라야 후세의 존경을 받는다.

시란 육신으로 바라다본 사물의 세계를 사유의 체로 걸러서 탄생시킨 생명의 언어인 동시에 영혼의 메아리다. 외면에 비친 사물의 모습이 내면의 영상으로 승화된 언어의 진솔한 표현이 시의 생명이기 때문이다.

시의 한 단어 속에 깊은 뜻이 숨겨져 있고, 한 줄의 문장 속에 의미심장한 지혜가 서려 있기 때문이다.

시인의 주머니 속에는 항상 메모지가 있어야 하고 시인의 손에는 늘 펜이 쥐어져 있어야 한다.

시상은 번개와 같아서 예고 없이 갑자기 나타났다 안개같이 자취 없이 사라져 버리기 때문에 시상이 내게 갑자기 찾아오면 즉석에서 영접하고 메모해 두어야 내 작품의 핵심이 된다.

있어야 할 때와

떠나야 할 때를
누리는 자유는

변하여 떠나고
놓쳐서 떠나고
채워서 떠나는데

비바람 맞으며
섭렵한 글과 말이
행복해져야 하는 이유
반짝반짝 빛나는
서릿바람으로 쌓인다.
_〈낙엽 3〉 전문

시인이 낙엽 시리즈로 엮은 중 〈낙엽 3〉의 전문이다.

선인들이 일러 낙엽귀근落葉歸根이라고 했다. 이른 봄 새싹으로 움터서 따가운 한여름 수분과 양분을 만들어 꽃과 잎에 전해 주고 자기 자신은 가을 서릿바람을 타고 다시 뿌리로 되돌아가는 위대한 자연의 섭리가 은연중에 보이는 모습이 훈훈하다. 이는 마치 자기의 자녀들을 잘 키워 놓고 그들의 곁을 떠나가는 부모들의 모습이 보이는 듯하다. 이래서 인류와 천륜은 상통하는 바가 크다.

시인은 진실하고, 소설가는 궁리窮理하고, 수필가는 진실해야 한다.

시에서 진실이 결여되면 미사여구美辭麗句의 언어적 나열이나 짧은 글로 끝나기 쉽고, 소설이 지루하고 흥미가 없으

면 사장死藏되게 마련이고, 수필이 자화자찬自畵自讚에 치우
치거나 객관적 사고의 영역을 벗어나면 독자들로부터 외면
을 당하게 된다.

　시인이 분명하게 가슴속에 깊이 간직해야 할 명언은 '언
어의 절제' 다. 시란 거리에 떠돌아다니는 언어들을 붙잡아
다가 억지로 엮어 놓은 짜깁기가 아니란 뜻이다. 시는 분명
생동하는 언어의 조각이요, 살아 움직이는 산 언어의 혼불
이다. 서용덕 시인의 시 세계를 냉철하게 바라다보면 언어
의 절제가 투철하다는 사실에 접하게 된다.

바람 없는 날에
하얀 비가 주룩주룩 내려
가슴이 흠뻑 젖은 채로
그리움만 살아나
바라보는 눈빛 풀어진
하얀 눈물만 고인다

비 내려도 빈 가슴 채우지 못하고
나누어도 섭섭한 마음뿐인데
안은 것은 붙잡지 못한 빈손이었다

하얀 것을 풀어 마시고
물색으로 물든 들녘에도
텅 빈 곳에 채워지는 것은
어찌 바람뿐일까

바람같이 가볍게 떠나는

바람 없는 날에
서로가 서로를 바라보며
빈손 들어 흔들어서 빈손이다.
_〈바람 없는 날에〉 전문

가슴을 텅 비우고 그 속에 새하얀 만년설을 가득히 담은 순수무잡한 시인의 진실이 명명백백하게 드러나 보이는 모습이다.

가슴이 흠뻑 젖은 채로 그리움만 살아 물색으로 물든 들녘을 바라보며 시심을 엮은 시인의 시상이 바람처럼 텅 빈 곳을 채워 주고 있다.

알래스카에서 에스키모와 대결해도 손색에 전혀 없을 건장한 체구의 서용덕 시인이 만년설에 덮여 꽁꽁 얼은 새 시집 원고 뭉치를 들고 아무 연락도 없이 내가 사는 샌디에고로 찾아와 내려놓고 간 지 달포, 나는 이 보따리를 풀어 농부의 손으로 살살 어루만져 주었더니 어느새 싹이 돋고 시심이 자라 향을 발하기 시작했다.

이 짙은 시심의 향기가 알래스카 설원을 넘어 고국과 이국의 숱한 독자들의 가슴속을 찾아가 심마니의 풋풋한 향기를 전해 줄 것을 생각하니 나의 마음도 온기가 돌아 포근해진다.

필자와 독자 모두가 이 새 시집을 읽으면서 행복에 젖으시기를 바란다.

시란 샘물과 같아서 퍼 올리면 올릴수록 맑고 시원한 생수가 솟아나고 우리들의 마른 갈증을 해갈시켜 준다. 우리 모두의 마음을 세심정혼洗心淨魂의 경지로 이끌어 준다는 뜻이다.

  시인은 언어의 밭을 가는 쟁기꾼이요, 분명 시는 언어로 그리는 영혼의 그림이다. 새로운 시집의 탄생은 미주 문단의 아름다운 경사다.

  새 시집을 상재하는 서용덕 시인께 축하를 드린다.

2012년 세모 샌디에고 에덴농장에서

수봉(秀峯) 정용진(鄭用眞) 씀.

문학헌장

　문학은 인간이 창조한 가장 심원한 예술이며, 인간의 갈망을 실현시키는 이상이다. 문학은 인간의 이성과 감성이 빚어낸 예지의 결정이며, 순연한 영혼이 서식하는 진실의 집합체이다.

　문학은 인간 구원과 사회 정화의 길잡이이며, 영혼을 깨우치는 스승이다. 돌아보면 문학의 향기는 반만년, 내다보면 문학의 길은 천리만리 영원하다.

　예술에 대한 문학적 사색과 끊임없는 언어의 탁마로써 문자예술의 지평을 확대 심화시키는 일이 문인의 사명이다.

　한국문인협회는 오늘의 한국문학을 점검, 반성하면서 시대와 함께하는 한국문학의 정체성을 표방하기 위해 '문학헌장'을 제정, 이를 문학 운동으로 전개할 것을 다짐하며 다음과 같이 선언한다.

　첫째, 문학은 인간의 삶에 기여하는 예술이다. 우리는 이 숭고한 정신에 동참한다.

　둘째, 문학은 당대의 세계와 끊임없이 소통한다. 우리는 이 소통이 시대와의 호응 속에 이루어지고, 그것이 긍정적인 변화로 실현되는 창작 활동을 지향한다.

　셋째, 문학이 진실 탐구의 예술임을 재인식하고, 이를 작품으로 형상화하여 독자들이 향수하게 한다.

　넷째, 문학을 통한 인류의 평화, 자유, 행복에 기여한다.

　다섯째, 전통의 수용 위에 변화를 모색하고, 한국의 정체성을 구현하며, 한국문학의 발전과 세계화에 이바지한다.

2008년 10월 31일
사단법인　한국문인협회